KB234587

행복을
주는 사랑
꿈꾸하겠습니다.

PROLOGUE

　한 해 전쯤의 일로 기억됩니다. 창가 밑, 서성거리던 작은 새가 있었습니다. 먹이가 있나 생각했습니다. 며칠이 지나도 작은 새가 그 자리에 있어 유심히 보았습니다. 그런데 작은 새와 너무나 닮은 작은 새가 창가 아래 죽어 있었습니다. 새끼라기보다는 한 쌍의 작은 새였던 것 같습니다. 그날 일하시던 아저씨께 이야기하니 작은 새를 잘 추슬러 뒷동산에 묻어 주었습니다. 서성이던 작은 새는 그날 보이지 않았습니다. 아마, 사람이 무서워 어딘가 숨었었나 봅니다. 하루가 지나고 작은 새는 다시 그 자리로 돌아왔습니다. 눈물이 납니다. 나도 사랑하는 사람이 있기에 마음이 얼마나 아플까 생각하니 눈물이 났습니다.

행복을
주는 사람
꼭 하겠습니다.

롤링비틀

차례

1부 사랑

언제나 사랑이라는 단어를 생각하면

마음이 설렙니다.

여기 사랑의 주제로 6편의 시를 소개합니다.

당신의 사랑이 퇴색되어가지 않길

소망하며 이 시를 바칩니다.

믿어주기

응원하기

소망하기   기다리기

위로하기

놀아보기   들어주기   용기내기

기대보기

협력하기   잡아주기

용서하기

사랑하기

화해하기

말해보기

노래하기

춤춰보기   팔짱끼기

시도하기

울어주기

다해보기

점으로 보이길 내 존재
선으로 그리길 삶의 자취
면으로 남길 당신을 향한 사랑

점 선 면

13

상처는 그대로 남아 새겨지고

오늘도 한 줄의 아픔은
문신이 되어 나를 표현해

세월이 순도를 바꿀 순 없지만
당신을 향한 사랑은 날로
가벼워지고 찰나 흔적도 없이
사려져 버릴 것 같아 두려워
찬란했던 환희가 잦아들고
소멸되어 가는 모습이 아름답다고
말하지만 아직 난 24K

24K

슬픈 계산이 없었던

그 때를 떠올려 봐요

세상은 푸른빛으로 열려 있었고
우린 아직 어렸죠

낮이 밤보다 더 어두운
삶 속에도
두 눈 감아 손 닿을
거기에 당신이 있어
두렵지 않죠

세상은 푸른빛으로 열려 있었고
우린 너무 사랑했죠

당신 부르시니

푸르름으로 달려갑니다

내 평생 지금이

가장 젊으니

호흡도 상쾌합니다

가슴은 고동치네

눈은 반짝이네

입술의 굳은 의지

지금 푸르름

사랑하는 님아
내 남루한 모습에
실망마요

꿈의 씨앗은
어느 순간
싹틀 거예요

믿기 어렵다면
내게로 와
심연의 속삭임
귀 기울여 봐요

당신께 말할 수 있어요
내 꿈은 당신과 함께
생을 살았다는 것
그것이라고

뚜벅이의 꿈

2부 가족

다행입니다.

부족한 저에게도 가족이 있습니다.

가족이 있기에 이 험난한 삶도

살아갈 수 있습니다.

단지
그대 제 곁에 잠시 머물러 주세요

살며시 제 어깨를 다독이고 때론 공감의 비언어를 전하세요

왜냐고 묻지 마세요
난 그대가 곁에 있어주길 바랄 뿐
위로가 필요한 시간이에요 지금은

위로가 필요한 시간

26

당신이 제 곁을
떠난 그때가 생각나요

슬픔을 숨기기엔
너무 어린 나이였죠

가끔 두려워요
당신의 나이가 된
내 모습을 생각할 때면
더욱 그래요

보고 싶었죠
당신의 나이 둘을요

47세

당신의 키-
추월함을 알았을 때
한없이 기뻤습니다

이제와 생각해 보면
나의 젊음이
당신의 나이 듦을
증명하는 시작이었죠

그때 당신은
내 머리를 쓰다듬으며
웃었습니다

그 것은
그냥 사랑의
손짓이었습니다

키 추월

늙고 쇠잔해지는 것이
인생이라면
당신의 손 그렇게
거친 것은
삶의 역설입니다

소멸이
아름답다는 말로
위로를 건네지만
그 또한 반어임을
알지 못했습니다

당신,
내 앞의 당신

기억의 편린(片鱗)을
모아
당신 떠올리면
남루한 삶의 모습에
마음의 자리 잠시
외면합니다

그런 줄만
알았습니다

작은 새 둥지에 내리면

이내 녹아 버린다

다시 끝에서 끝으로

올라간다

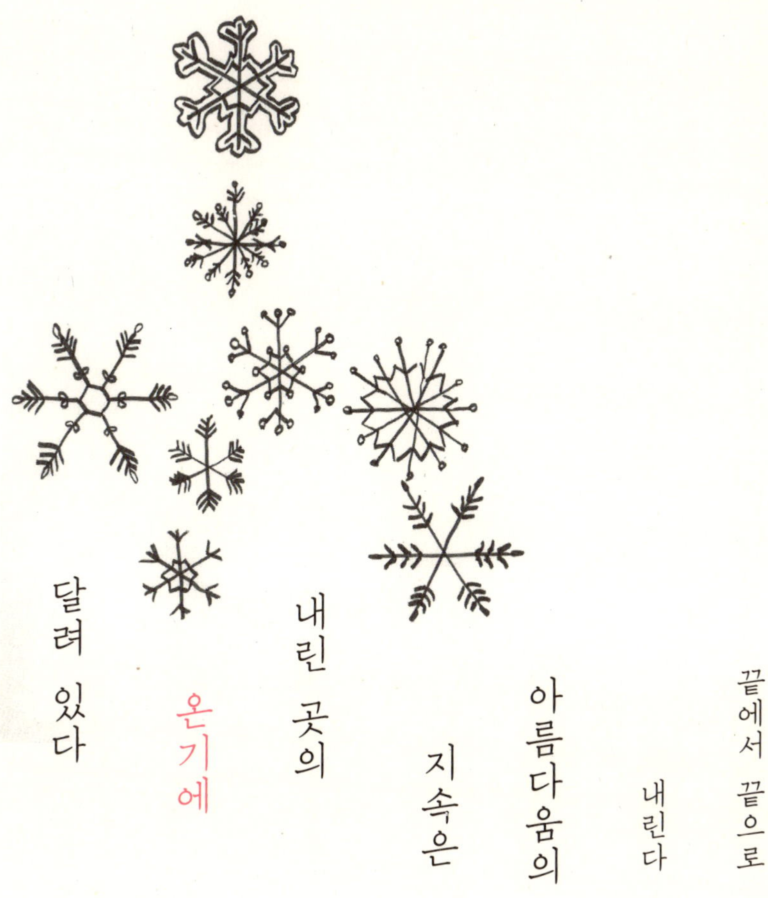

끝에서 끝으로

내린다

아름다움의

지속은

내린 곳의

온기에

달려 있다

끝에서 끝으로

아빠는 쓰지 말걸 그랬어

눈물이 나네 아빠 생각
아빠는 쓰지 말걸 그랬어
나도 아빠인 걸
잘 살아보겠다고
다짐하지만 잘 사는 걸까
반쯤은 비굴함과
반쯤은 순수로
살아가는 것

아빠 생각

딸아

엄만 정말 대단해

네가 크고

이 비밀을 알게 될 때면

엄만

호호 할머니가 돼 있겠지

엄만

네가 태어나고 단 하루도 널

혼자 둔 적이 없어

수 없이 많은 밤을

너의 작은 움직임에 잠 깨곤 했지

그렇지만 불평하는 소릴

아빤 듣지 못했단다

불켤 땐 눈을 가리고

바람 불면 작은 담요로 감싸고

더우면 선풍기 바람에 감기 걸릴까

쉴 새 없이 부채질로 대신 했단다

딸에게 들려주고픈 비밀

거센 파도
몰아쳐도
겁먹지 않는 작은 배

난 그런
사람이 되었어

때론 혼란스러워
감정의 소용돌이

아빠, 유부남, 그리고 남편

흔들리지 않는
갈대가 된다면 그건

순수의 눈빛이 때론
퇴색되어 가도
마음은 요동치지 않는 물결

아빠, 유부남, 그리고 남편

도시의 새는 철사 조각 모두어 둥지를 틀었다

둥지

엄마도 아빠도 모르는
　　　삶의 시작

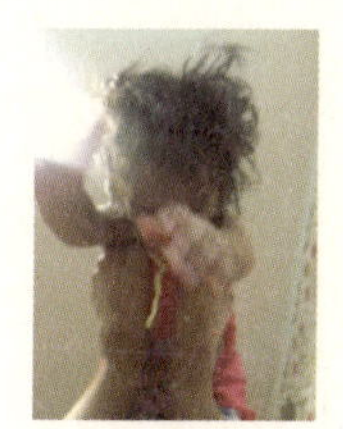

３４개월 만의
기쁨이며 슬픔이다

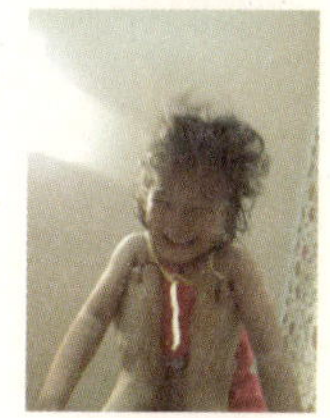

아장아장 어린이집에
들어가는 모습-
가슴을 아리게 한다

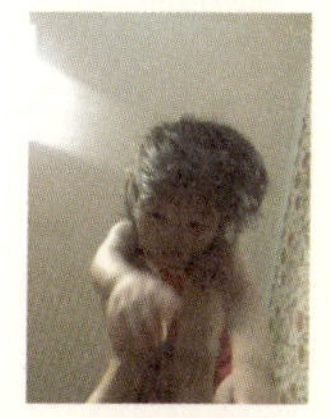

딸은 그렇게
아빠도 엄마도 모르는
삶을 시작했다

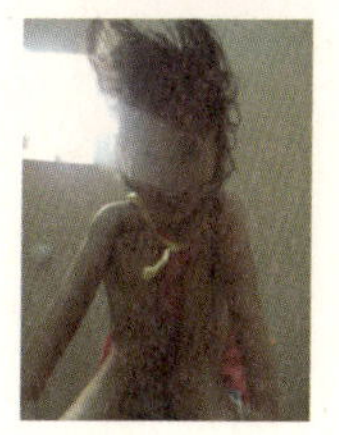

딸의 사생활

3부 감사와 기쁨

당신의 삶은

감사와 기쁨으로 넘쳐나는

일상인가요?

감사와 기쁨은 의지입니다.

찾으려는 의지가 함께 할 때

우리의 삶은 변화될 것입니다.

당신의 삶도 그러하길 소망합니다.

웃음소리 먼저 들려온다

몸은 이미 지쳐있다
오늘도
모든 공간을 채운
시멘트 사이로 지나친다

문득, 떠올리는 찰나
이곳에도 삶이 있을까라는 생각

밥 짓는 아내의 향기
회색빛 벽체 사이로 나온다

저기 창가의 불빛
딸의 모습 아니 보이고

밥 짓는 향기

푸르른 숨 몰아쉬며
걸어가는 길
보이는 건
희망의 속삭임

발끝의 감각은
대지에
닿아 있고
내 볼의 홍조는
대기를 덥히네

손가락 사이 이는
바람은
이내 지나가고
우리의
찬란한 순간은
가슴 속에
영원해

이렇게 걸으면 좋은데
당신과 함께 걸으면
더 좋을 거야

이렇게 걸으면 좋은데

均衡

너랑 나의 시소는

균형(均衡)

너랑 나의 시소
균형 없는
환영(幻影)

너의 슬픔 나눠
내 마음에-
나의 행복 덜어
너의 자리에-

너랑 나

봄이야!

누가 이렇게 말하면 왠지 기분 좋아

그대 곁의 봄

새벽이슬에 잠 깨어

아침 햇살에 기지개 펴는 너

무슨 이야기 밤새하느라

꽃잎은 하나 되어

한 송이 방이 되어

단잠을 자고 있었니

이렇게 신혼의

아름다움 속삭이다

찰나,

낙화되어

그 빈자리에 몽글한

생명 맺히니

호박꽃아 참 예쁘다야

함께 있는 것만으로도 좋은 (   )
작은 일에도 감사하는 (   )
침묵의 시간이 어색하지 않는 (   )
엉뚱한 이야기에도 공감해 주는 (   )
이야기 할 때 더 빛나는 (   )
타인의 강점을 볼 줄 아는 (   )
슬플 때나 기쁠 때나 생각나는 (   )
자신의 일에 최선을 다하는 (   )

(   )

4부 만남과 헤어짐

새로운 만남은 날로 어려워지고,

헤어짐은 쉬운 것이 세월인 것 같습니다.

이러한 전환시기의 감성을

당신과 함께 나누고

싶습니다.

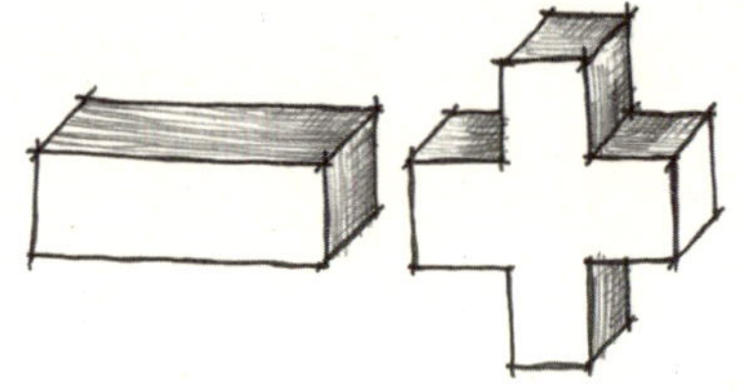

때론 만나지 말아야 할
사람을 만나면 음극의 마음

운명적으로 만나야 할
사람을 만나면 양극의 마음

음극의 마음을 가진 나

그대, 음극의 마음으로 오지 말아라

음극의 마음

당신과 나
우주 안에서
존재로 만나 다행입니다

무한한 공간
생명은 극한에
존재합니다

어떤 인연으로
서로를 보게 되었는지
알 수 없습니다

다만
당신은 내가
손 벌려 안을 수 있다는 것입니다

사유할 수 있는
능력으로 사랑할 수
있다는 것입니다

존재의 기적

함께라는 굳은 맹세는
한낱 신기루였어요

없는 시간 속에서
타인과 함께할 때
기쁨과 슬픔은 공유되지
못하고 흩어지네요

먼 후일 서로에 대한
추억이 한 움큼도
안 된다면 우리의 언약은
무엇인가요

당신 없는 시간 속에서
오늘도 살아갑니다

없는 시간

지금,
엄마의 기억은 가을이다

물이 붉게 들어 겨울을 준비하고 있다

아름답고 쓸쓸한 기억은
떠날 것을 기다리고 있다

기억의 나무에서 떨어진
낙엽 하나를 자세히 보니

내 어릴적 잃어 버렸던
해맑음이 있었다

엄마의 기억

무한의 두레박
너와 나의 마음에 던져
길어 올리리

그 맑은 추억의 정수는
우리의 모습 비추이고

새로운 만남과 헤어짐의
노래되리

운명
너와 나의 만남

시간
너와 나의 헤어짐

함께 속삭이던
굳은 맹세는
가슴 속 심연에
살아 숨쉬네

먼 후일
다시 만나면

그러한 존재

그리곤 이렇게 속살일거예요
당신을 환영해요

때로는
당신의 그늘진 모습에
놀랄 때가 있어요
생각해 보면
그 모습도 당신인걸요
우리가 섬처럼 살아간다면
서로가 서로의 환영만
인정한체 생을 마감하겠죠
우선 두 팔을 활짝 펴봐요
이미 미소까지 준비되었어요

당신을 환영해요

꽃은 꽃

미소는 미소

반가움은 반가움

안녕은 안녕

칭찬은 칭찬

관심은 관심

성실은 성실

겸손은 겸손

관계는 데칼코마니

기억해

나라는 존재와 살아가는 여정은 쉽지 않고

나는 무얼 할 수 있나요

너를 알고 싶지만 그건 너무 단편적입니다

이 광활한 우주에서

따스한 사람을 만나면 마음이 따스해지고 성품이 바른 사람
을 만나면 기분이 왠지 좋아진다. 가난한 사람을 만나면
나눠주고 싶고 선한 슬픔에 처한 사람을
만나면 같이 울어주고 싶다.
햇살처럼 밝은 사람을 만나면 이내 밝아지니
그런 사람이 곁에 있으면 좋겠다.
사랑이든 친구이든 선생이든 이런 사람을 만난다면 일생에
단 한명이라도 만난다면 얼마나 행복할까? 혹자는 그런 사
람이 되면 되잖아 쉽게 말하지만

난 그런 사람을 만나고 싶다.

만나고 싶다

5부 삶

가볍지만 가볍지 않은 단어입니다.

당신의 삶을 통해 나눔과 헌신

그리고 사랑이 깊어지길

응원합니다.

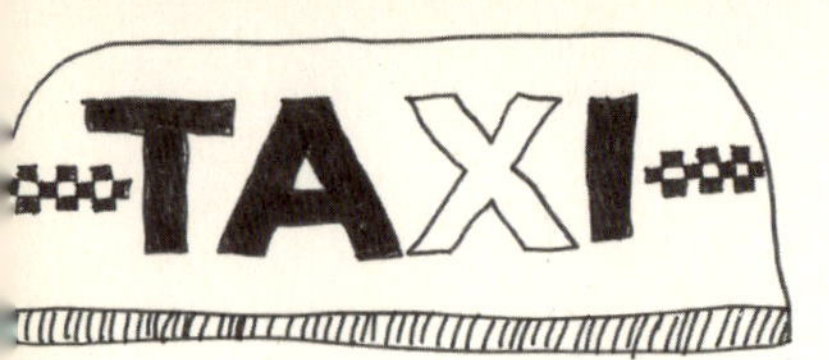

탁탁 털어내며
살며시 웃고는
버스를 쌩하니
지나친다

회사 택시 한 대가
내가 탄 버스와 나란히 달린다
택시 기사 아저씨는 아버지일 게다

주린 배를 채우려
500원 짜리 도넛 한 개를 먹으며
다음 손님을 향해 달린다

화마에 찢겨진 손은
떨어진 빵 부스러기

출근길 버스 창 너머로

82

고요에 누워
육중한 기계 굴러가는
소리에 놀랍니다

시선은
밤하늘에 꽃처럼 피어나고
몸이 둥실 떠오릅니다

아직은 때가 아닙니다

살짝
가슴에 돌 하나 올려놓으니
눈물이 흐릅니다

난 고요에 누워있습니다

고요에 누워

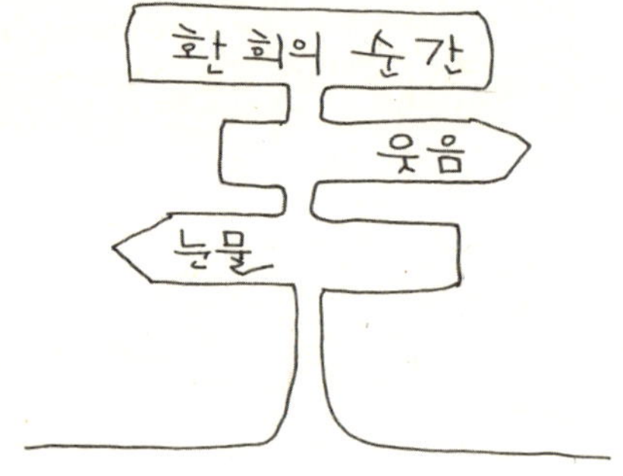
환희의 순간
웃음
눈물

당신이 느낀
환희의 순간은
어떤가요

정말 가슴을 떨리게 하나요

웃음이라는 위도와
눈물이라는 경도
어디쯤에 있는 건가요

당신은 정말로 환희에 휩싸인
삶의 순간을 느껴 본 적 있나요

나에게 말해줘요

환희를 놓치지 않도록 그대
도와주세요

환희란 있는가?

대지는 끝의 감각 속에
생명을 어리우는데

무디어진 가슴을 가진 나
생이라는 게 있기나 할까

끝의 감각 느끼던 시절
우에 가고

00:03분 잠을 청할 수 없네

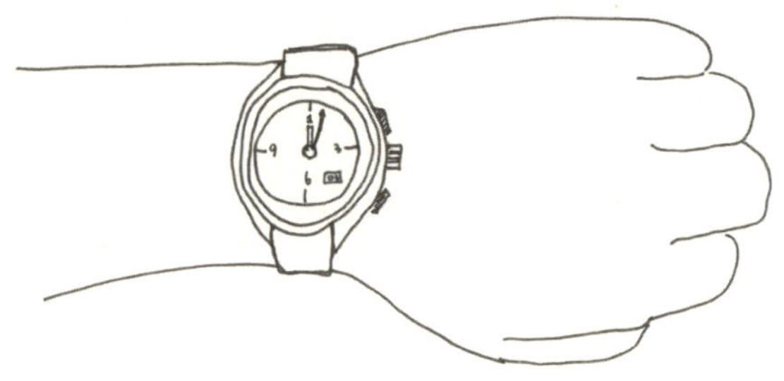

봄꽃만 보아도 행복했던

00:03

상처 받은 인간을 보았다
그 놈은 치유될 수 없는
것처럼 살았다

인간에게 상처 주는
사람을 보았다
그 놈은 야수처럼 잔인했다

마음속에 붉게 흐르는 강
어찌하나

인간의 상처

모든 물체의 진동은
소리로 변하고

그 속에 침잠하는
나라는 존재

거기 고유의 절대 A(라)를
들려주어
내 심장 떨리게 해주오

내 고유의 진동
유일의 소리 찾아갈 수 있게

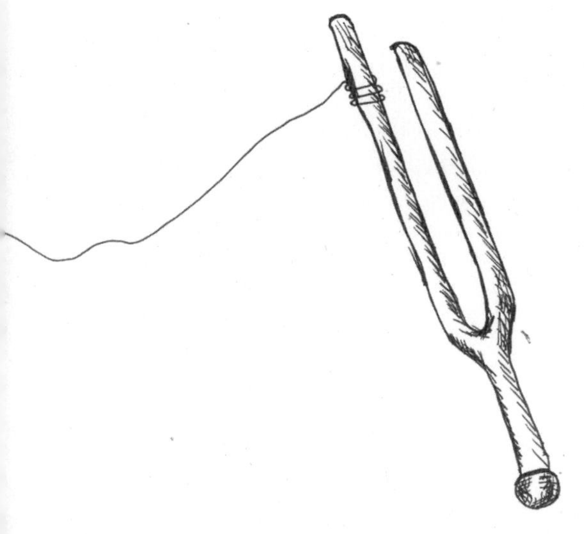

소리굽쇠

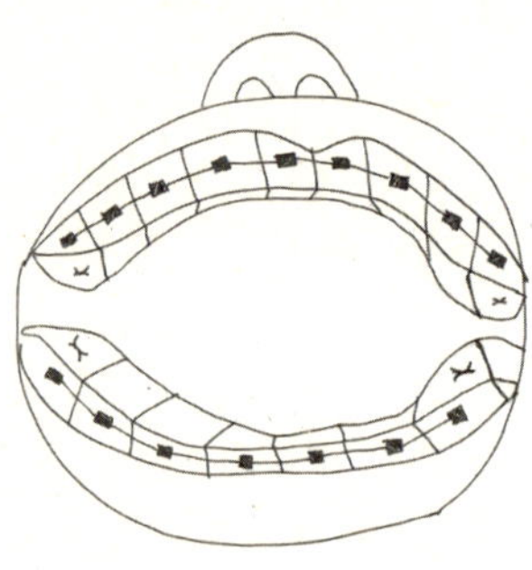

중요한건 마음과 생각의 바른 조화입니다

입안에 철책을 물리면
될 줄 알았습니다

하지만 나오는 소리라곤
고통의 언어뿐입니다

철책은 소용없었습니다

중요한건 마음과 생각의
바른 조화입니다

이제 이 속박에서 벗어나
성숙의 길로 들어서려 합니다

적잖은 의지가 필요합니다

치아교정

너는 25,000원
너는 30,000원

생명에 가격이 매겨진다
기준이 무엇일까
애덤 스미스

아니다
생명의 가격은
가족을 위한 일용할 양식의
가격이었다

생명을 파는 60대의 초상
뭐라 할 수 없다

잿빛 콘크리트 사이
숨죽인 작은 새
눈은 붉고 몸은 지쳐있다

하루 종일 도시에서
먹이를 찾던 작은 새

날개는 젖어 있고
부리와 발톱은 일부 빠져 있다

틈새는 없다

작은 새 1

둥지를 틀었다

철사 조각
플라스틱 조각
끈 조각
모아

작은 새 2

비에 젖지 않고
바람에 흔들리지 않으며
번개에 놀라지 않는다
작은 날개 짓이지만
푸른 하늘을 날 수 있다

작은 새의 꿈

어쩌면 사는 게
모순 덩어리

자기가 반영되지
않은 페르소나

무슨 말인지도 모른 체
말하는 타인

쉽게 단정 짓는 정의

나 자신도 모르는데
이율배반

이율배반

푸른 하늘은
언제나 열려 있었지만

아직
새장 옆에 서성이며
두려운 마음으로
날개를 펴

수인(囚人)의 창살 안에
사는 것은 삶의 위로

어느 해,
어느 날
육중한 문이 열리고
더 이상 이곳은
삶의 터전이 아니라고 말한다

문득 고개 돌려
펼친 날개는
더욱 거추장스러워

새장 옆에서

105

옳다고 생각한
삶의 몸짓

타인의 인정에
자위하는 존재
그것이 현실

잘 사는 것은
행위반복
침잠하는 오늘

달리고 또
달린다

모순의 쳇바퀴

가질 수 없는 것을
가지려 할 때
마음은 소용돌이칩니다

이제야 안 사실이지만
바울도 공자도
이와 같은 고민 속에
살았습니다

가질 수 없는 것을
가지려 하는 것은
삶의 역설입니다

본래무일물(本來無一物)
그게 인간입니다

가질 수 없는 것

애처로이 잔디를 봅니다
보호의 대상으로 명명되었기 때문입니다

보호의 장막이 더
위협적입니다

바람도 햇살도 비도
자유로이 잔디 위에 머무는데
잔디를 보호하기 위해
시선만으로 애무합니다

이카로스가 해를 사모했지만
끝내 죽었던 것은 무엇일까요

난 오늘도 그조차 되지 못하고
잔디를 보호하는 모범시민으로
살아갑니다

잔디를 보호합시다

삶의 시동을 걸어 인생이라는 도로에 선 우리
누군가는 이 길이 답이라며 묵묵히 가는 사람도 있고

또 다른 누군가는 다른 사람의 길을 무시한 체 달리
는 사람도 있다

나는 누구의 삶도 방해하지 않은 체 나의 길을 가려
했지만 그것이 욕심이었음을 오랜 시간이 지나 알게
되었다

차선(次善)으로 변경하는 것이 삶을 포기하는 것은
아니다
다른 시야가 열리고 새로운 사람을 만날 수 있다
그러니 너무 두려워 말자 생각보다 우리는 잘 할 수 있다

차선(次善)

향기가 없는
절기를 살았습니다

존재의 오감을 잃어버린
어느 날, 어느 때
아이는 울며 지나갑니다

눈물은 향기의 비가 되어
목석같던 끝의 정적을
흔들어 깨웁니다

찰나, 눈을 떠보니
한그루 만개한
목련이 되었습니다

향기기억

해의 길은
물에서 발원하지만
믿음이 부족한 난
물가에 서성인다

눈의 장막을 닫지만
빛의 따스함까지
피할 수 없다

해의 길은 너무나 선명한데
용기 없는 난 주저함으로
발길을 돌린다

아직은 때가 아님을
임이여 물을 건너지마오

해의 길

상실과 마주하는 시대는언제나

다만 우리의 작은
손짓이 당신의 경계를
하나로 이어줄 수 있습니다

상처가 남은 것처럼
박음질 된 우리의 미소—
당신의 마음을
감싸 안을 때 비로소
알게 됩니다

당신은 상실이 아닌
존재한다는 것을

아픔을 기억해야 합니다

참새의상실 친구들에게 바치는 시

참새의상실

오늘 난
그대의 한조각
삶을 알았습니다

찬란한 조각은
당신을 사랑하게 만들었습니다

내일 난
당신에게 내 삶의
조각을 건네려 합니다

당신과 나
평생을-
삶의 조각 나누며
하나가 됐으면 좋겠습니다

삶의 조각

6부 단상

여기 삶 속에서 느꼈던
작은 생각의 편린들을 모아 보았습니다.

사랑이며 외로움이다
지식이며 공허함이다
부이며 가난함이다
증명이며 속박이다
포장이며 허울이다
아름다움이며 추함이다
권력이며 자유이다
표현이며 비방이다

영원할 것 같은 사라짐이다

때로는 그 것이 삶일 수 있음을 알게 되었다

성경에는 소경이 소경을 이끄는 것을
어리석은 행동이라고 빗대어 말하고 있다

그런데 오늘 20대 두 소경이
서로가 서로를 의지한 체
지하철 미로에서 자신의 길을
한 치의 오차도 없이 가는 걸 보았다

이에 소경이 소경을 이끄는 것이
꼭 어리석은 행동이 아님을

소경이 소경을

친구야
나 아직
잠 못 이루고 있어

너와 함께
꿈꾸던 희망의 미래는
지금이 되었는데

넌 어느 별 아래에
사는 거니

어느 별 아래서

삶에 감사하며, 죽음에 겸허하고,
타인에 관대하며, 자신에 철저하고,
놀이에 집중하며, 일에 충실하고,
나눔에 헌신하며, 소유에 자유하고,
말에 온순하며, 행동에 민첩한

A급 인재는 어디에

비

따스함을 담고 있어
내민 손 위로 한 방울의
생명을 형체도 없이 흩뿌린다

작은 어깨를 다독인다
아픔의 기억들을 보이며
차가움을 간직해

하늘을 보니
내 눈에 하늘이 있고
고개를 떨구니
한 방울의 비가 내린다

비

2014.4.16

2010.3.26

世越號天安艦

세월 지나 어른이 되면
될 줄 알았어

천 번의
안개가 엄습해 올 때

너의 곁에 있을게

하지만 굳은 맹세는
물거품이 되어 사라졌네

미안해 미안해 미안해
어른이어서 미안해

어른미안

너의 고귀함은 꽃처럼 순결하다
신성함이 깃들어 있다

너의 고귀함은 꽃처럼 순결하다
신성함이 깃들어 있다

그리움을 그립고 그립게하는

미처 봄을 깨닫지 못한 쓸쓸한 마음에
진한 향기기억 심어준다

목련

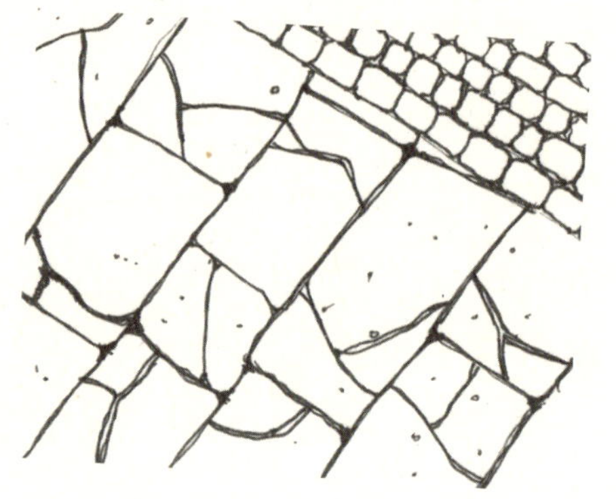

육중한 인간의
무게에 못 이긴
도시의 바닥 돌은

아픔을 기억이라도 하듯
온 몸에 금이가 있다

무의미의 언어로 무언가
말하려는 듯

표현된 언어는
왠지 모를 서글픔이 서려있다

'금'에 대한 단상

연결에 대한 실체는 얽혀진 우리 삶

무채색 선그리기는 무지개를 갈망하는 신념

선

142

너와 나의 관계는
서로가 서로에게 뻗은 의지이다

의지의 교차점에서
때로는 갈등이 일어나지만
수많은 희망과 절망의 교집합이 모여
아름다운 풍경을 만들어 낸다

숲을 보며 사람과 사람 사이의
관계를 생각해 본다

서로에게 드리워진 그늘과 그림자는
우리를 숲처럼 아름답게 만들 것이다

숲의 교집합

擇詩

'택시'
하고 부른다
끼이익 하고 멈춰 선
택시를 읽는다

시간여행의 값을 지불하고
문을 닫으며 내려선 곳은

당신과 내가 살아갈
삶의 터전이다

택시 擇詩

대양   위에   파 도 를 만들고,

어 둠   속에   희망을 달리며

우 리 서 약   영원히 지킬게

난 달

혼자 있을 때는 깊이 있는 글을 읽으세요. 누군가
와 같이 있을 땐 대화에 집중하고요. 어딘가로 떠
날 땐 짧고 간결한 문장의 글을 읽어 보세요. 노
트를 가져가 짧은 문장을 써 보거나 스케치를 하
는 것도 좋아요. 마음이 답답할 땐 종교인이라면
경전을 아니면 영화를 보세요. 타인과의 관계가
어렵게 느껴진다면 철학책을 읽는 것도 좋은데 친
구나 스승을 만나 이야기해 보는 것도 좋아요. 사
랑의 감정을 표현하고 싶은데 그게 잘 안 되면 시
를 읽으세요. 시를 읽다 보면 아름다운 언어가 가
슴 속 깊이 자리하게 되죠. 하지만 아무것도 하고
싶지 않다면 αβγδεζηθικλμνξοπρ

ㅣφ × ψ ω φ   그냥 있으세요.

삶 속에 고통이 따른다면
포기라는 방어기제가
불쑥 유혹합니다

대부분의 사람은 포기합니다

소수의 사람들만 방어기제에
대한 성찰을 얻고
그걸 이겨냅니다

우린 그런 사람을
무지개 같은 사람이라
부릅니다

방어기제

도닥-도닥-
타악장마는

온 세상을 위로한다

모든 슬픔 이겨내라고

타악장마

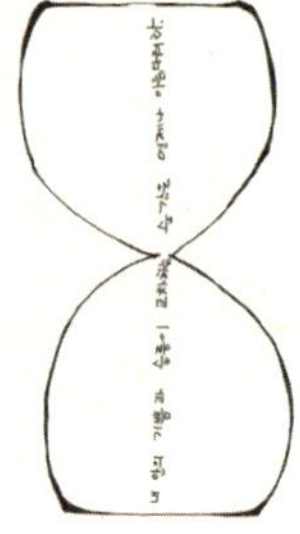

154

내 안의 기쁨과 슬픔이 교차하는 순간은 언제나 아름다워라

모래시계

삶의 위선을 겹겹이 쌓아가던 나날

바람에 날리던 눈송이 하나 생의 끝에 앉은 순간

퇴적되었던 모순의 덩어리는 순간 무너져 내리고
그 안의 날 것의 모습

아직 성숙하지 못한 내가 있었다

Avalanche

쉼 없이 다가오며 물러서는

너의 생명과 마주한다

억 만년의 기억은 촉감으로

이해될 수 없겠지만

찰싹, 손뼉치는 너의 화답이 친구를 만난 듯 정겹다

진실을 알고 있는 너

네가 맞닿아 있는

모든 세계에 알려줘

존재만이 아는 세월의 아픔

한 그루의 나무를 아는 것은
씨앗, 뿌리, 줄기, 가지, 수피, 꽃, 향기, 열매, 곤충, 새, 그리고 풍경까지
한 사람

한 사람을 아는 것은 가능한 불가능

사랑하는 것은 누군가에게

자유낙하는 것

사랑처럼
미움처럼
남겨진 흔적
외면하지 못한 체 살아가는 것

자유낙하

7부 ┃ 대화

아내와 딸 ─ 대화했던 시 같은 이야기를 모았습니다.

엄마
엄마
엄마
엄마
엄마

아니, 아빠야

엄마

지온아
네가 4학년이 되면
엄마랑 아빠랑
어디 가기로 했지

…

…

마트

아빠 : 지온이는 아빠 닮았어

딸 : 안 닮았어

아빠 : 그럼 누구 닮았어

딸 : 강아지, 강아지 닮았어

닮았어

아빠 : 어른이 되면
뭐가 되고 싶어?

딸 : 강아지

아빠 : 좀 힘들지 않을까?

딸 : 아니 강아지 될거야

아빠 : 그래 강아지 되렴

현정=엄마 이름

지온=딸 이름

딸: 엄마, 내가 아이를 낳으면?

엄마: 네가 커서 아이를 낳으면 넌 엄마가 되지!

딸: 그럼 내가 지온이를 낳으면 난 현정이가 돼?

엄마: 어?

괴변

딸 ..
나비야?
개미야?

아빠 ..
벌이 왔네

딸 ..
파리채로 잡아야 돼

너는 왜 왔니

엄마: 여보 사랑해

아빠: 나도 사랑해

딸: (곰곰이 생각하며)

나는 누가 사랑해

숨바꼭질

멸치
호박
두부
고기
밥

뱃 속으로 들어간다

딸, 배를 만지며

숨바꼭질 재밌게 해

Epilogue
삶의 기록

삶이

단어 보다 길며

문장 보다 상쾌하며

책 보다 재미있길

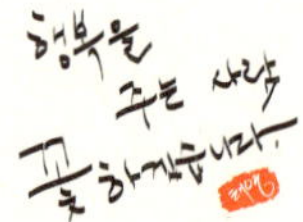

초판 1쇄 인쇄 2014년 12월 22일
초판 1쇄 발행 2015년 01월 12일

지은이　　　김태영

발행　　　다넷미디어(주)
발행인　　　김명성
기획편집　　　길진모 외 사업전략팀
제작관리　　　류재욱
마케팅　　　마케팅 사업부
출력　　　다넷미디어(주)
디자인 · 편집　　　다넷미디어(주)
사진　　　장동신, 최정석

등록번호　　　제 2012-000044 호 (2006년 12월 11일)
주소　　　서울시 영등포구 당산로2길 12, 707호(문래동3가 에이스테크노타워)
전화　　　02-540-3113
편집문의　　　02-540-6402
팩스　　　02-540-6406
홈페이지　　　http://www.rollingbeetle.com

978-89-94864-16-7 13800

*이 책은 다넷미디어(주)가 저작권자와의 계약에 따라 발행하였습니다.
*롤링비틀은 다넷미디어(주)의 임프린트회사입니다.

이 도서의 국립중앙도서관 출판시도서목록(CIP)은 서지정보유통지원시스템 홈페이지
(http://seoji.nl.go.kr)와 국가자료공동목록시스템(http://www.nl.go.kr/kolisnet)에서
이용하실 수 있습니다.(CIP제어번호 : CIP2014036375)